시인들이 좋아하는

한국
애송명시

한국시인협회 편

문학세계사

그림 이도헌
일러스트레이터.
신문 연재 삽화 작품『군림천하』,『호유삼국지』와
『미후왕』(신서유기) 캐릭터 디자인(일본 도에이社) 외 다수.

시인들이 좋아하는 한국 애송명시

발행일
초판 1쇄 2008년 4월 23일
초판 10쇄 2020년 11월 20일
개정판 1쇄 2022년 11월 18일
개정판 3쇄 2024년 11월 24일

지은이   ● 한국시인협회 편
펴낸이   ● 김종해
펴낸곳   ● 문학세계사
출판등록   ● 1979. 5. 16. 제21-108호

주소   ● 서울시 마포구 신수로 59-1(04087)
대표전화   ● 02-702-1800
팩스   ● 02-702-0084
이메일   ● munse_books@naver.com
홈페이지   ● www.msp21.co.kr
페이스북   ● www.facebook.com/munsebooks

ⓒ 문학세계사, 2022
ISBN 978-89-7075-195-5   03810

내가 그의 이름을 불러주기 전에는
그는 다만
하나의 몸짓에 지나지 않았다.

내가 그의 이름을 불러주었을 때
그는 나에게로 와서
꽃이 되었다.

— 김춘수, 「꽃」에서

시인 246명이 읽어낸 우리 시의 향기

우리나라 시인들이 즐겨 애송하는 시는 어떤 것일까?

시전문 계간지 《시인세계》는 현대시 100년 기획특집으로 246명의 국내 현역시인을 대상으로 그들의 애송시를 설문조사하였다. 시를 보는 눈이 예리하고 전문적인 '시인'들이 뽑은 애송시는 한국 현대시 100년의 정신적 스펙트럼을 펼쳐 보일 수 있다는 데 그 의미가 있을 것이다.

화가가 좋아하는 그림, 영화인이 좋아하는 영화가 있듯이 시인이 좋아하는 애송시는 또 다른 관심을 불러일으킨다. 시를 보는 눈이 따로 있을 수는 없겠지만, 현역시인 246명의 보다 전문적이고 예리한 시적 감성을 확인해볼 수 있다는 것 자체가 하나의 즐거움이 될 수 있겠다. 하지만, 그 결과가 우리가 기대했던 만큼의 신

선한 자극점이 되느냐, 아니면 애송시에 대한 개인적 취향의 확인에 그치느냐는 또 다른 문제가 될 것이다.

《시인세계》의 설문조사 결과를 토대삼아 출간하게 된 이번 시집이 한국 애송시에 대한 절대적 잣대가 될 수는 없겠지만, 입안에 부드럽게 녹아들고 속삭여질 수 있는 '느낌이 빠른 시', '귀로 듣는 시'에 대한 관심이 보다 커지기를 바란다.

이 책의 출간을 계기로 시인의 수준 높은 전문성과 예리한 감성으로 읽어낸 우리 시의 향기를 일반 시 독자와 함께 공유하며, 보다 많이 사랑받고 널리 애송될 수 있기를 기대한다.

김 종 해
(시인·전 한국시인협회 회장)

시인들이 좋아하는

한국
애송명시

1

차 례

2

3

차 례

4

1

잘 있거라, 짧았던 밤들아
창밖을 떠돌던 겨울 안개들아
아무것도 모르던 촛불들아, 잘 있거라
공포를 기다리던 흰 종이들아
망설임을 대신하던 눈물들아
　　　　　　──기형도, 「빈집」에서

우리가 물이 되어

우리가 물이 되어 만난다면
가문 어느 집에선들 좋아하지 않으랴.
우리가 키 큰 나무와 함께 서서
우르르 우르르 비 오는 소리로 흐른다면.
흐르고 흘러서 저물녘엔
저 혼자 깊어지는 강물에 누워
죽은 나무뿌리를 적시기도 한다면.
아아, 아직 처녀인
부끄러운 바다에 닿는다면.
그러나 지금 우리는
불로 만나려 한다.
벌써 숯이 된 뼈 하나가
세상에 불타는 것들을 쓰다듬고 있나니
만리 밖에서 기다리는 그대여

저 불 지난 뒤에
흐르는 물로 만나자.
푸시시 푸시시 불 꺼지는 소리로 말하면서
올 때에는 인적 그친
넓고 깨끗한 하늘로 오라.

문의文義 마을에 가서

고 은

겨울 문의文義에 가서 보았다.
거기까지 닿은 길이
몇 갈래의 길과
가까스로 만나는 것을.
죽음은 죽음만큼 길이 적막하기를 바란다.
마른 소리로 한 번씩 귀를 닫고
길들은 저마다 추운 소백산맥 쪽으로 뻗는구나.
그러나 삶은 길에서 돌아가
잠든 마을에 재를 날리고
문득 팔짱 끼어서
먼 산이 너무 가깝구나.
눈이여 죽음을 덮고 또 무엇을 덮겠느냐.

겨울 문의에 가서 보았다.

죽음이 삶을 꽉 껴안은 채
한 죽음을 받는 것을.
끝까지 사절하다가
죽음은 인기척을 듣고
저만큼 가서 뒤를 돌아다본다.
모든 것은 낮아서
이 세상에 눈이 내리고
아무리 돌을 던져도 죽음에 맞지 않는다.
겨울 문의文義여 눈이 죽음을 덮고 또 무엇을 덮겠느냐.

＊주(註) : 문의(文義)―충북 청원군의 한 마을.

사평역沙平驛에서

곽 재 구

막차는 좀처럼 오지 않았다
대합실 밖에는 밤새 송이눈이 쌓이고
흰 보라 수수꽃 눈시린 유리창마다
톱밥난로가 지펴지고 있었다
그믐처럼 몇은 졸고
몇은 감기에 쿨럭이고
그리웠던 순간들을 생각하며 나는
한줌의 톱밥을 불빛 속에 던져 주었다
내면 깊숙이 할 말들은 가득해도
청색의 손바닥을 불빛 속에 적셔두고
모두들 아무 말도 하지 않았다
산다는 것이 때론 술에 취한 듯
한 두름의 굴비 한 광주리의 사과를
만지작거리며 귀향하는 기분으로

침묵해야 한다는 것을
모두들 알고 있었다
오래 앓은 기침소리와
쓴 약 같은 입술담배 연기 속에서
싸륵싸륵 눈꽃은 쌓이고
그래 지금은 모두들
눈꽃의 화음에 귀를 적신다
자정 넘으면
낯설음도 뼈아픔도 다 설원인데
단풍잎 같은 몇 잎의 차창을 달고
밤열차는 또 어디로 흘러가는지
그리웠던 순간들을 호명하며 나는
한줌의 눈물을 불빛 속에 던져 주었다.

오 늘

구 상

오늘도 신비의 샘인 하루를 맞는다.

이 하루는 저 강물의 한 방울이
어느 산골짝 옹달샘에 이어져 있고
아득한 푸른 바다에 이어져 있듯
과거와 미래와 현재가 하나이다.

이렇듯 나의 오늘은 영원 속에 이어져
바로 시방 나는 그 영원을 살고 있다.

그래서 나는 죽고 나서부터가 아니라
오늘서부터 영원을 살아야 하고
영원에 합당한 삶을 살아야 한다.

마음이 가난한 삶을 살아야 한다.
마음을 비운 삶을 살아야 한다.

빈 집

기 형 도

사랑을 잃고 나는 쓰네

잘 있거라, 짧았던 밤들아
창밖을 떠돌던 겨울 안개들아
아무것도 모르던 촛불들아, 잘 있거라
공포를 기다리던 흰 종이들아
망설임을 대신하던 눈물들아
잘 있거라, 더 이상 내 것이 아닌 열망들아

장님처럼 나 이제 더듬거리며 문을 잠그네
가엾은 내 사랑 빈 집에 갇혔네

쥐

김 광 림

하나님
어쩌자고 이런 것도
만드셨지요
야음을 타고
살살 파괴하고
잽싸게 약탈하고
병폐를 마구 살포하고 다니다가
이제는 기막힌 번식으로
백주에까지 설치고 다니는
웬 쥐가
이리 많습니까
사방에서
갉아대는 소리가 들립니다
연신 헐뜯고

야단치는 소란이 만발해 있습니다
남을 괴롭히는 것이
즐거운 세상을
살고 싶도록 죽고 싶어
죽고 싶도록 살고 싶어
이러다간
나도 모르는
어느 사이에
교활한 이빨과
얄미운 눈깔을 한
쥐가 되어 가겠지요
하나님
정말입니다

겨울 바다

김 남 조

겨울 바다에 가 보았지
미지의 새
보고 싶던 새들은 죽고 없었네

그대 생각을 했건만도
매운 해풍에
그 진실마저 눈물져 얼어 버리고

허무의
불
물이랑 위에 불붙어 있었네

나를 가르치는 건
언제나

시간……
끄덕이며 끄덕이며 겨울 바다에 섰었네
남은 날은
적지만

기도를 끝낸 다음
더욱 뜨거운 기도의 문이 열리는
그런 영혼을 갖게 하소서

남은 날은
적지만

겨울 바다에 가 보았지
인고의 물이
수심 속에 기둥을 이루고 있었네

진달래꽃

김 소 월

나 보기가 역겨워
가실 때에는
말없이 고이 보내드리우리다

영변에 약산
진달래꽃,
아름 따다 가실 길에 뿌리우리다

가시는 걸음걸음
놓인 그 꽃을
사뿐히 즈려밟고 가시옵소서

나 보기가 역겨워
가실 때에는

죽어도 아니 눈물 흘리우리다

풀

김 수 영

풀이 눕는다
비를 몰아오는 동풍에 나부껴
풀은 눕고
드디어 울었다
날이 흐려서 더 울다가
다시 누웠다

풀이 눕는다
바람보다도 더 빨리 눕는다
바람보다도 더 빨리 울고
바람보다 먼저 일어난다

날이 흐리고 풀이 눕는다
발목까지
발밑까지 눕는다
바람보다 늦게 누워도
바람보다 먼저 일어나고
바람보다 늦게 울어도
바람보다 먼저 웃는다
날이 흐리고 풀뿌리가 눕는다

모란이 피기까지는

김 영 랑

모란이 피기까지는
나는 아직 나의 봄을 기다리고 있을 테요
모란이 뚝뚝 떨어져 버린 날
나는 비로소 봄을 여읜 설움에 잠길 테요
오월 어느 날 그 하루 무덥던 날
떨어져 누운 꽃잎마저 시들어 버리고는
천지에 모란은 자취도 없어지고
뻗쳐 오르던 내 보람 서운케 무너졌느니
모란이 지고 말면 그뿐 내 한 해는 다 가고 말아
삼백예순날 하냥 섭섭해 우옵네다
모란이 피기까지는
나는 아직 기다리고 있을 테요 찬란한 슬픔의 봄을

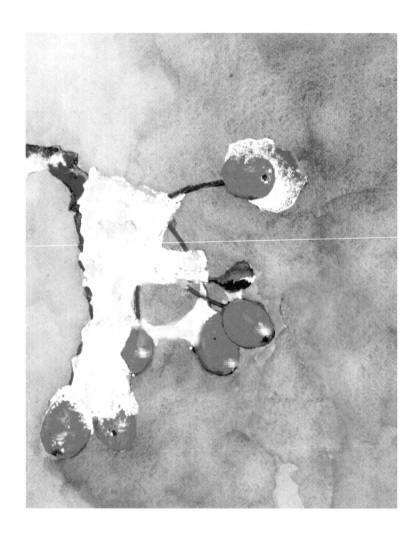

성탄제

김 종 길

어두운 방 안엔
바알간 숯불이 피고,

외로이 늙으신 할머니가
애처로이 잦아지는 어린 목숨을 지키고 계시었다.

이윽고 눈 속을
아버지가 약을 가지고 돌아오시었다.

아 아버지가 눈을 헤치고 따 오신
그 붉은 산수유 열매―

나는 한 마리 어린 짐생,
젊은 아버지의 서느런 옷자락에

열熱로 상기한 볼을 말없이 부비는 것이었다.

이따금 뒷문을 눈이 치고 있었다.
그날 밤이 어쩌면 성탄제의 밤이었을지도 모른다.

어느새 나도
그때의 아버지만큼 나이를 먹었다.

옛것이란 거의 찾아볼 길 없는
성탄제聖誕祭 가까운 도시에는
이제 반가운 그 옛날의 것이 내리는데,

서러운 서른 살 나의 이마에
불현듯 아버지의 서느런 옷자락을 느끼는 것은,

눈 속에 따 오신 산수유 붉은 알알이
아직도 내 혈액 속에 녹아 흐르는 까닭일까.

북치는 소년

김 종 삼

내용 없는 아름다움처럼

가난한 아희에게 온
서양 나라에서 온
아름다운 크리스마스 카드처럼

어린 양¥들의 등성이에 반짝이는
진눈깨비처럼

풀

김 종 해

사람들이 하는 일을 하지 않으려고
풀이 되어 엎드렸다
풀이 되니까
하늘은 하늘대로
바람은 바람대로
햇살은 햇살대로
내 몸 속으로 들어와 풀이 되었다
나는 어젯밤 또 풀을 낳았다

2

나의 영혼,

굽이치는 바다와

백합의 골짜기를 지나,

마른 나뭇가지 위에 다다른 까마귀같이.

─김현승, 「가을의 기도」에서

타는 목마름으로

김 지 하

신새벽 뒷골목에
네 이름을 쓴다 민주주의여
내 머리는 너를 잊은 지 오래
내 발길은 너를 잊은 지 너무도 너무도 오래
오직 한가닥 있어
타는 가슴속 목마름의 기억이
네 이름을 남 몰래 쓴다 민주주의여

아직 동트지 않은 뒷골목의 어딘가
발자국소리 호르락소리 문 두드리는 소리
외마디 길고 긴 누군가의 비명소리
신음소리 통곡소리 탄식소리 그 속에 내 가슴팍 속에
깊이깊이 새겨지는 네 이름 위에
네 이름의 외로운 눈부심 위에

살아오는 삶의 아픔
살아오는 저 푸르른 자유의 추억
되살아오는 끌려가던 벗들의 피 묻은 얼굴
떨리는 손 떨리는 가슴
떨리는 치떨리는 노여움으로 나무판자에
백묵으로 서툰 솜씨로
쓴다.

숨죽여 흐느끼며
네 이름을 남 몰래 쓴다.
타는 목마름으로
타는 목마름으로
민주주의여 만세

꽃

김 춘 수

내가 그의 이름을 불러주기 전에는
그는 다만
하나의 몸짓에 지나지 않았다.

내가 그의 이름을 불러주었을 때
그는 나에게로 와서
꽃이 되었다.

내가 그의 이름을 불러준 것처럼
나의 이 빛깔과 향기에 알맞는
누가 나의 이름을 불러다오.
그에게로 가서 나도
그의 꽃이 되고 싶다.

우리들은 모두
무엇이 되고 싶다.
너는 나에게 나는 너에게
잊혀지지 않는 하나의 눈짓이 되고 싶다.

가을의 기도

김 현 승

가을에는
기도하게 하소서……
낙엽들이 지는 때를 기다려 내게 주신
겸허한 모국어로 나를 채우소서.

가을에는
사랑하게 하소서……

오직 한 사람을 택하게 하소서,
가장 아름다운 열매를 위하여 이 비옥한
시간을 가꾸게 하소서.

가을에는
호올로 있게 하소서……

나의 영혼,
굽이치는 바다와
백합의 골짜기를 지나,
마른 나뭇가지 위에 다다른 까마귀같이.

사 슴

노 천 명

모가지가 길어서 슬픈 짐승이여
언제나 점잖은 편 말이 없구나
관冠이 향기로운 너는
무척 높은 족속이었나 보다

물 속의 제 그림자를 들여다보고
잃었던 전설을 생각해 내고는
어찌할 수 없던 향수에
슬픈 모가지를 하고 먼 데 산을 바라본다

새 · 1

박 남 수

1

하늘에 깔아논
바람의 여울터에서나
속삭이듯 서걱이는
나무의 그늘에서나, 새는
노래한다. 그것이 노래인 줄도 모르면서
새는 그것이 사랑인 줄도 모르면서
두 놈이 부리를
서로의 죽지에 파묻고
따스한 체온을 나누어 가진다.

2
새는 울어
뜻을 만들지 않고
지어서 교태로
사랑을 가식假飾하지 않는다.

3

—포수는 한 덩이 납으로
그 순수純粹를 겨냥하지만,
매양 쏘는 것은
피에 젖은 한 마리 상傷한 새에 지나지 않는다.

노동의 새벽

박 노 해

전쟁 같은 밤일을 마치고 난
새벽 쓰린 가슴 위로
차거운 소주를 붓는다
아
이러다간 오래 못가지
이러다간 끝내 못가지

설은 세 그릇 짬밥으로
기름투성이 체력전을
전력을 다 짜내어 바둥치는
이 전쟁 같은 노동일을
오래 못가도
끝내 못가도
어쩔 수 없지

탈출할 수만 있다면,
진이 빠져, 허깨비 같은
스물아홉의 내 운명을 날아 빠질 수만 있다면
아 그러나
어쩔 수 없지 어쩔 수 없지
죽음이 아니라면 어쩔 수 없지
이 질긴 목숨을,
가난의 멍에를,
이 운명을 어쩔 수 없지

늘어쳐진 육신에
또다시 다가올 내일의 노동을 위하여
새벽 쓰린 가슴 위로
차거운 소주를 붓는다
소주보다 독한 깡다구를 오기를

분노와 슬픔을 붓는다

어쩔 수 없는 이 절망의 벽을
기어코 깨뜨려 솟구칠
거치른 땀방울, 피눈물 속에
새근새근 숨쉬며 자라는
우리들의 사랑
우리들의 분노
우리들의 희망과 단결을 위해
새벽 쓰린 가슴 위로
차거운 소줏잔을
돌리며 돌리며 붓는다
노동자의 햇새벽이
솟아오를 때까지

해

박 두 진

해야 솟아라. 해야 솟아라. 말갛게 씻은 얼굴 고운 해야 솟아라. 산 넘어 산 넘어서 어둠을 살라먹고, 산 넘어서 밤새도록 어둠을 살라먹고, 이글이글 애뙨 얼굴 고운 해야 솟아라.

달밤이 싫여, 달밤이 싫여, 눈물 같은 골짜기에 달밤이 싫여, 아무도 없는 뜰에 달밤이 나는 싫여……

해야, 고운 해야 늬가 오면 늬가사 오면, 나는 나는 청산이 좋아라. 훨훨훨 깃을 치는 청산이 좋아라. 청산이 있으면 홀로래도 좋아라.

사슴을 따라, 사슴을 따라, 양지로 양지로 사슴을 따라, 사슴을 만나면 사슴과 놀고,

칡범을 따라, 칡범을 따라, 칡범을 만나면 칡범과 놀
고······

해야, 고운 해야 해야 솟아라. 꿈이 아니래도 너를 만
나면, 꽃도 새도 짐승도 한자리 앉아, 워어이 워어이 모
두 불러 한자리 앉아 애띠고 고운 날을 누려 보리라.

나그네

박 목 월

강나루 건너서
밀밭 길을

구름에 달 가듯이
가는 나그네

길은 외줄기
남도南道 삼백리

술 익는 마을마다
타는 저녁놀

구름에 달 가듯이
가는 나그네

저녁 눈

박 용 래

늦은 저녁때 오는 눈발은 말집 호롱불 밑에 붐비다

늦은 저녁때 오는 눈발은 조랑말 발굽 밑에 붐비다

늦은 저녁때 오는 눈발은 여물 써는 소리에 붐비다

늦은 저녁때 오는 눈발은 변두리 빈터만 다니며 붐
비다

목마와 숙녀

한 잔의 술을 마시고
우리는 버지니아 울프의 생애와
목마를 타고 떠난 숙녀의 옷자락을 이야기한다.
목마는 주인을 버리고 그저 방울소리만 울리며
가을 속으로 떠났다 술병에서 별이 떨어진다.
상심한 별은 내 가슴에 가벼웁게 부서진다.
그러한 잠시 내가 알던 소녀는
정원의 초목 옆에서 자라고
문학이 죽고 인생이 죽고
사랑의 진리마저 애증의 그림자를 버릴 때
목마를 탄 사랑의 사람은 보이지 않는다.

세월은 가고 오는 것
한때는 고립을 피하여 시들어가고
이제 우리는 작별하여야 한다.
술병이 바람에 쓰러지는 소리를 들으며
늙은 여류작가의 눈을 바라다보아야 한다.
……등대에……
불이 보이지 않아도
그저 간직한 페시미즘의 미래를 위하여
우리는 처량한 목마 소리를 기억하여야 한다.

모든 것이 떠나든 죽든
그저 가슴에 남은 희미한 의식을 붙잡고
우리는 버지니아 울프의 서러운 이야기를 들어야 한다.
두 개의 바위 틈을 지나 청춘을 찾는 뱀과 같이
눈을 뜨고 한 잔의 술을 마셔야 한다
인생은 외롭지도 않고
그저 잡지의 표지처럼 통속하거늘
한탄할 그 무엇이 무서워서 우리는 떠나는 것일까
목마는 하늘에 있고
방울 소리는 귓전에 철렁거리는데
가을 바람 소리는
내 쓰러진 술병 속에서 목메어 우는데

울음이 타는 가을 강

박 재 삼

마음도 한 자리 못 앉아 있는 마음일 때
친구의 서러운 사랑 이야기를
가을 햇볕으로나 동무 삼아 따라가면
어느새 등성이에 이르러 눈물나고나

제삿날 큰집에 모이는 불빛도 불빛이지만
해질녘 울음이 타는 가을강을 보겠네

저것 봐, 저것 봐
네보담도 내보담도
그 기쁜 첫사랑 산골 물소리가 사라지고
그 다음 사랑 끝에 생긴 울음까지 녹아나고
이제는 미칠 일 하나로 바다에 다 와 가는
소리 죽은 가을강을 처음 보겠네.

남신의주 유동 박시봉방

백 석

어느 사이에 나는 아내도 없고, 또,
아내와 같이 살던 집도 없어지고,
그리고 살뜰한 부모며 동생들과도 멀리 떨어져서,
그 어느 바람 세인 쓸쓸한 거리 끝에 헤매이었다.
바로 날도 저물어서
바람은 더욱 세게 불고, 추위는 점점 더해 오는데,
나는 어느 목수木手네 집 헌 샅을 깐,
한 방에 들어서 쥔을 붙이었다.
이리하여 나는 이 습내나는 춥고, 누긋한 방에서,
낮이나 밤이나 나는 나 혼자도 너무 많은 것같이 생
각하며,
딜옹배기에 북덕불이라도 담겨 오면
이것을 안고 손을 쬐며 재우에 뜻 없이 글자를 쓰기
도 하며,

　또 문 밖에 나가디두 않구 자리에 누어서,

　머리에 손깎지 벼개를 하고 굴기도 하면서,

　나는 내 슬픔이며 어리석음이며를 소처럼 연하여 쌔김질하는 것이었다.

　내 가슴이 꽉 메어 올 적이며,

　내 눈에 뜨거운 것이 핑 괴일 적이며,

　또 내 스스로 화끈 낯이 붉도록 부끄러울 적이며,

　나는 내 슬픔과 어리석음에 눌리어 죽을 수밖에 없는 것을 느끼는 것이었다.

　그러나 잠시 뒤에 나는 고개를 들어,

　허연 문창을 바라보든가 또 눈을 떠서 높은 턴정을 처다보는 것인데,

　이때 나는 내 뜻이며 힘으로, 나를 이끌어 가는 것이 힘든 일인 것을 생각하고,

이것들보다 더 크고, 높은 것이 있어서, 나를 마음대로 굴려 가는 것을 생각하는 것인데,

이렇게 하여 여러 날이 지나는 동안에,

내 어지러운 마음에는 슬픔이며, 한탄이며, 가라앉을 것은 차츰 앙금이 되어 가라앉고,

외로운 생각만이 드는 때 쯤해서는,

더러 나줏손에 쌀랑쌀랑 싸락눈이 와서 문창을 치기도 하는 때도 있는데,

나는 이런 저녁에는 화로를 더욱 다가 끼며, 무릎을 꿇어 보며,

어니 먼 산 뒷옆에 바우 섶에 따로 외로이 서서,

어두어 오는데 하이야니 눈을 맞을, 그 마을 잎새에는,

쌀랑쌀랑 소리도 나며 눈을 맞을,

그 드물다는 굳고 정한 갈매나무라는 나무를 생각하는 것이었다.

자화상

서 정 주

애비는 종이었다. 밤이 깊어도 오지 않았다.
파뿌리같이 늙은 할머니와 대추꽃이 한 주 서 있을
뿐이었다.

어매는 달을 두고 풋살구가 꼭 하나만 먹고 싶다 하
였으나…… 흙으로 바람벽한 호롱불 밑에

　손톱이 까만 에미의 아들.

　갑오년甲午年이라든가 바다에 나가서는 돌아오지 않
는다 하는 외할아버지의 숱 많은 머리털과

　그 크다란 눈이 나는 닮았다 한다.

　스물 세 햇 동안 나를 키운 건 팔할八割이 바람이다.

　세상은 가도가도 부끄럽기만 하더라.

　어떤 이는 내 눈에서 죄인을 읽고 가고

　어떤 이는 내 입에서 천치를 읽고 가나

　나는 아무것도 뉘우치진 않을란다.

　찬란히 틔어오는 어느 아침에도

　이마 우에 얹힌 시詩의 이슬에는

　몇 방울의 피가 언제나 섞여 있어

　볕이거나 그늘이거나 혓바닥 늘어뜨린

　병든 수캐마냥 헐떡어리며 나는 왔다.

3

너는 돌가마도 털메투리도 모르는 오랑캐꽃

두 팔로 햇빛을 막아 줄게

울어보렴 목놓아 울어나 보렴 오랑캐꽃

——이용악, 「오랑캐꽃」에서

죽편 · 1
— 여행

서 정 춘

여기서부터, ─멀다
칸칸마다 밤이 깊은
푸른 기차를 타고
대꽃이 피는 마을까지
백년이 걸린다

거리가 우주를 장난감으로 만든다

성 찬 경

알맞게 구름이 끼어 있으면
해도 잘 익은 감 정도여서
오래 보며 놀 수 있다.
사실은 지구에서 해까지
광속으로 8분 걸리는 거리 덕택으로
해가 저렇게 예뻐 보이는 것이다.

개똥벌레의 정기총회 같은
하늘의 별자리.
구경 치곤 세상에서 으뜸이다.
그러나 저 별까지의 엄청난 광년의 거리가 있기에
무시무시한 불덩어리들의 모임이
저러한 신비의 향연이다.

거리만 있다면야
장비도 골리앗도 무서울 게 없다.
막 폭발한 성운의 사진이
영혼의 심부까지 스미는 추상화다.
직업화가를 난처하게 만드는.
거리가 있기에 우주 구석구석이 서로 재미나는 장난
감이다.

인간 둘레
무량 광명
거리가 자비다.

농무農舞

신 경 림

징이 울린다 막이 내렸다
오동나무에 전등이 매어 달린 가설 무대
구경꾼이 돌아가고 난 텅 빈 운동장
우리는 분이 얼룩진 얼굴로
학교 앞 소줏집에 몰려 술을 마신다
답답하고 고달프게 사는 것이 원통하다
꽹과리를 앞장세워 장거리로 나서면
따라붙어 악을 쓰는 건 쪼무래기들뿐
처녀애들은 기름집 담벽에 붙어 서서
철없이 킬킬대는구나
보름달은 밝아 어떤 녀석은
꺽정이처럼 울부짖고 또 어떤 녀석은
서림이처럼 해해대지만 이까짓
산구석에 처박혀 발버둥친들 무엇하랴

비료값도 안 나오는 농사 따위야
아예 여편네에게나 맡겨 두고
쇠전을 거쳐 도수장 앞에 와 돌 때
우리는 점점 신명이 난다.
한 다리를 들고 날나리를 불꺼나.
고갯짓을 하고 어깨를 흔들꺼나.

껍데기는 가라

신 동 엽

껍데기는 가라.
사월도 알맹이만 남고
껍데기는 가라.

껍데기는 가라.
동학년東學年 곰나루의, 그 아우성만 살고
껍데기는 가라.

그리하여, 다시
껍데기는 가라.
이곳에선, 두 가슴과 그곳까지 내논
아사달 아사녀가
중립의 초례청 앞에 서서
부끄럼 빛내며

맞절할지니

껍데기는 가라.
한라에서 백두까지
향그러운 흙가슴만 남고
그, 모오든 쇠붙이는 가라.

한 잎의 여자 · 1

오 규 원

   나는 한 여자를 사랑했네. 물푸레나무 한 잎같이 쬐그만 여자, 그 한 잎의 여자를 사랑했네. 물푸레나무 그 한 잎의 솜털, 그 한 잎의 맑음, 그 한 잎의 영혼, 그 한 잎의 눈, 그리고 바람이 불면 보일 듯 보일 듯한 그 한 잎의 순결과 자유를 사랑했네.

   정말로 나는 한 여자를 사랑했네. 여자만을 가진 여자, 여자 아닌 것은 아무것도 안 가진 여자, 여자 아니면 아무것도 아닌 여자, 눈물 같은 여자, 슬픔 같은 여자, 병신 같은 여자, 시집詩集 같은 여자, 그러나 영원히 가질 수 없는 여자, 그래서 불행한 여자.

   그러나 영원히 나 혼자 가지는 여자, 물푸레나무 그 림자 같은 슬픈 여자.

행 복

—사랑하는 것은
사랑을 받느니보다 행복하나니라
오늘도 나는
에메랄드빛 하늘이 환히 내다뵈는
우체국 창문 앞에 와서 너에게 편지를 쓴다

행길을 향한 문으로 숱한 사람들이
제각기 한 가지씩 생각에 족한 얼굴로 와선
총총히 우표를 사고 전봇지를 받고
먼 고향으로 또는 그리운 사람께로
슬프고 즐겁고 다정한 사연들을 보내나니

세상의 고달픈 바람결에 시달리고 나부끼어
더욱 더 의지 삼고 피어 흥클어진 인정의 꽃밭에서

너와 나의 애틋한 연분도
한 망울 연연한 진홍빛 양귀비꽃인지도 모른다

─사랑하는 것은
사랑을 받느니보다 행복하나니라
오늘도 나는 너에게 편지를 쓰나니
─그리운 이여 그러면 안녕!
설령 이것이 이 세상 마지막 인사가 될지라도
사랑하였으므로 나는 진정 행복하였네라

서 시

윤 동 주

죽는 날까지 하늘을 우러러
한 점 부끄럼이 없기를,
잎새에 이는 바람에도
나는 괴로워했다.
별을 노래하는 마음으로
모든 죽어가는 것을 사랑해야지
그리고 나한테 주어진 길을
걸어가야겠다.

오늘밤에도 별이 바람에 스치운다.

거 울

이 상

거울속에는소리가없소
저렇게까지조용한세상은없을것이오

거울속에도내게귀가있소
내말을못알아듣는딱한귀가두개나있소

거울속의나는왼손잽이요
내악수를받을줄모르는—악수를모르는왼손잽이요

거울때문에나는거울속의나를만져보지를못하는구
료마는
거울이아니었던들내가어찌거울속의나를만나보기
라도했겠소

나는지금거울을안가졌소마는거울속에는늘거울속
의내가있소
잘은모르지만외로된사업에골몰할게요

거울속의나는참나와는반대요마는
또꽤닮았소
나는거울속의나를근심하고진찰할수없으니퍽섭섭
하오

냉이꽃

이 근 배

어머니가 매던 김밭의
어머니가 흘린 땀이 자라서
꽃이 된 것아
너는 사상을 모른다
어머니가 사상가의 아내가 되어서
잠 못 드는 평생인 것을 모른다
초가집이 섰던 자리에는
내 유년에 날아오던
돌멩이만 남고
황막하구나
울음으로도 다 채우지 못하는
내가 자란 마을에 피어난
너 여리운 풀은.

빼앗긴 들에도 봄은 오는가

이 상 화

지금은 남의 땅―빼앗긴 들에도 봄은 오는가?

나는 온몸에 햇살을 받고
푸른 하늘 푸른 들이 맞붙은 곳으로
가르마 같은 논길을 따라 꿈 속을 가듯 걸어만 간다.

입술을 다문 하늘아 들아
내 맘에는 내 혼자 온 것 같지를 않구나
네가 끌었느냐 누가 부르더냐 답답워라 말을 해다오.

바람은 내 귀에 속삭이며
한자국도 섰지 마라 옷자락을 흔들고
종다리는 울타리 너머 아가씨같이 구름 뒤에서 반갑
다 웃네.

고맙게 잘 자란 보리밭아

간밤 자정이 넘어 내리던 고운 비로

너는 삼단 같은 머리를 감았구나 내 머리조차 가뿐
하다.

혼자라도 가쁘게나 가자

마른 논을 안고 도는 착한 도랑이

젖먹이 달래는 노래를 하고 제 혼자 어깨춤만 추고
가네.

나비 제비야 깝치지 마라

맨드라미 들마꽃에도 인사를 해야지

아주까리 기름을 바른 이가 지심 매던 그 들이라 다
보고 싶다.

내 손에 호미를 쥐어 다오
살진 젖가슴 같은 부드러운 이 흙을
발목이 시도록 밟아도 보고 좋은 땀조차 흘리고 싶다.

강가에 나온 아이와 같이
짬도 모르고 끝도 없이 닫는 내 혼아
무엇을 찾느냐 어디로 가느냐 우스웁다 답을 하려무나.

나는 온몸에 풋내를 띠고
푸른 웃음 푸른 설움이 어우러진 사이로
다리를 절며 하루를 걷는다 아마도 봄 신령이 지폈나
보다.
　그러나 지금은—들을 빼앗겨 봄조차 빼앗기겠네.

남해 금산

이 성 복

한 여자 돌 속에 묻혀 있었네
그 여자 사랑에 나도 돌 속에 들어갔네
어느 여름 비 많이 오고
그 여자 울면서 돌 속에서 떠나갔네
떠나가는 그 여자 해와 달이 끌어 주었네
남해 금산 푸른 하늘가에 나 혼자 있네
남해 금산 푸른 바닷물 속에 나 혼자 잠기네

우울한 상송

이 수 익

우체국에 가면
잃어버린 사랑을 찾을 수 있을까
그곳에서 발견한 내 사랑의
풀잎되어 젖어 있는
비애를
지금은 혼미하여 내가 찾는다면
사랑은 또 처음의 의상으로
돌아올까

우체국에 오는 사람들은
가슴에 꽃을 달고 오는데
그 꽃들은 바람에
얼굴이 터져 웃고 있는데
어쩌면 나도 웃고 싶은 것일까

얼굴을 다치면서라도 소리내어
나도 웃고 싶은 것일까

사람들은
그리움을 가득 담은 편지 위에
애정의 핀을 꽂고 돌아들 간다
그때 그들 머리 위에서는
꽃불처럼 밝은 빛이 잠시
어리는데
그것은 저려오는 내 발등 위에
행복에 찬 글씨를 써서 보이는데
나는 자꾸만 어두워져서
읽질 못하고,

우체국에 가면
잃어버린 사랑을 찾을 수 있을까
그곳에서 발견한 내 사랑의
기진한 발걸음이 다시
도어를 노크하면,
그때 나는 어떤 미소를 띠어
돌아온 사랑을 맞이할까

오랑캐꽃

—긴 세월을 오랑캐와의 싸움에 살았다는
우리의 머언 조상들이 너를 불러 「오랑캐
꽃」이라 했으니 어찌 보면 너의 뒷모양이
머리태를 드리인 오랑캐의 뒷머리와도 같
은 까닭이라 전한다.

이 용 악

아낙도 우두머리도 돌볼 새 없이 갔단다
도래샘도 띠집도 버리고 강 건너로 쫓겨 갔단다
고려 장군님 무지무지 쳐들어와
오랑캐는 가랑잎처럼 굴러갔단다

구름이 모여 골짝골짝을 구름이 흘러
백 년이 몇 백 년이 뒤를 이어 흘러갔나

너는 오랑캐의 피 한 방울 받지 않았건만
오랑캐꽃

너는 돌가마도 털메투리도 모르는 오랑캐꽃
두 팔로 햇빛을 막아 줄게
울어보렴 목놓아 울어나 보렴 오랑캐꽃

4

나의 사랑, 나의 결별,
샘터에 물 고이듯 성숙하는
내 영혼의 슬픈 눈.
──이형기, 「낙화」에서

광야曠野

이 육 사

까마득한 날에
하늘이 처음 열리고
어데 닭 우는 소리 들렸으랴

모든 산맥들이
바다를 연모戀慕해 휘달릴 때도
차마 이곳을 범犯하던 못하였으리라

끊임없는 광음光陰을
부지런한 계절이 피어선 지고
큰 강물이 비로소 길을 열었다

지금 눈 내리고
매화 향기 홀로 아득하니

내 여기 가난한 노래의 씨를 뿌려라

다시 천고千古의 뒤에
백마 타고 오는 초인超人이 있어
이 광야曠野에서 목놓아 부르게 하리라

낙 화

이 형 기

가야 할 때가 언제인가를
분명히 알고 가는 이의
뒷모습은 얼마나 아름다운가.

봄 한철
격정을 인내한
나의 사랑은 지고 있다.

분분한 낙화……
결별이 이룩하는 축복에 싸여
지금은 가야 할 때,

무성한 녹음과 그리고
머지않아 열매 맺는

가을을 향하여
나의 청춘은 꽃답게 죽는다.

헤어지자
섬세한 손길을 흔들며
하롱하롱 꽃잎이 지는 어느 날

나의 사랑, 나의 결별,
샘터에 물 고이듯 성숙하는
내 영혼의 슬픈 눈.

향 수

정 지 용

넓은 벌 동쪽 끝으로
옛이야기 지줄대는 실개천이 회돌아 나가고,
얼룩백이 황소가
해설피 금빛 게으른 울음을 우는 곳,

— 그곳이 차마 꿈엔들 잊힐리야.

질화로에 재가 식어지면
비인 밭에 밤바람 소리 말을 달리고,
엷은 졸음에 겨운 늙으신 아버지가
짚벼개를 돋아 고이시는 곳,

— 그곳이 차마 꿈엔들 잊힐리야.

흙에서 자란 내 마음
파아란 하늘빛이 그리워
함부로 쏜 화살을 찾으려
풀섶 이슬에 함초롬 휘적시던 곳,

— 그곳이 차마 꿈엔들 잊힐리야.

전설바다에 춤추는 밤물결 같은
검은 귀밑머리 날리는 어린 누이와
아무렇지도 않고 예쁠 것도 없는
사철 발벗은 아내가
따가운 햇살을 등에 지고 이삭 줍던 곳,

— 그곳이 차마 꿈엔들 잊힐리야.

하늘에는 석근 별
알 수도 없는 모래성으로 발을 옮기고,
서리 까마귀 우지짖고 지나가는 초라한 지붕,
흐릿한 불빛에 돌아앉아 도란도란거리는 곳,

— 그곳이 차마 꿈엔들 잊힐리야.

연필로 쓰기

정 진 구

한밤에 홀로 연필을 깎으면 향긋한 연목의 냄새가 방안
가득 넘쳐나더라고 말씀하셨다는 그분처럼 이제 나도 연필
로만 글을 쓰고자 합니다 한 번 쓰면 나면 1번 지워버릴
수 있는 나의 연필 그것이 우리가 때문입니다 연필로 쓰기
지워버릴수 있는 나의 삶에 다시 고쳐 쓸수 없는 나의 생
애 음서 받아쓰 하는 자의 서러움 이제 그렇게 살고 싶기 때
문입니다 나는 언제나 온전치 못한 반면 반면도 겨루려고
시기를 바라면 때문입니다 연필로 쓰기 운동은 서로의 길
을 서로가 지워주려 더 욱기를 나의 바람이나 영영영터 나
의 삶 저월에 길 끼마저 누가 지워 버렸으면해도 나는 접습
할것 같지가 않습니다 나는 부정하자 하는 사람이 아닙니
다 감추고자 하는 자의 비겁

연필로 쓰기

정 진 규

한밤에 홀로 연필을 깎으면 향그런 영혼의 냄새가 방 안 가득 넘치더라고 말씀하셨다는 그분처럼 이제 나도 연필로만 시를 쓰고자 합니다 한 번 쓰고 나면 그뿐 지워버릴 수 없는 나의 생애 그것이 두렵기 때문입니다 연필로 쓰기 지워버릴 수 있는 나의 생애 다시 고쳐 쓸 수 있는 나의 생애 용서받고자 하는 자의 서러운 예비 그렇게 살고 싶기 때문입니다 나는 언제나 온전치 못한 반편 반편도 거두워 주시기를 바라기 때문입니다 연필로 쓰기 잘못 간 서로의 길은 서로가 지워드릴 수 있기를 나는 바랍니다 떳떳했던 나의 길 진실의 길 그것마저 누가 지워버린다 해도 나는 섭섭할 것 같지가 않습니다 나는 남기고자 하는 사람이 아닙니다 감추고자 하는 자의 비겁함이 아닙니다 사랑하는 까닭입니다 오직 향그런 영혼의 냄새로 만나고 싶기 때문입니다

섬

정 현 종

사람들 사이에 섬이 있다
그 섬에 가고 싶다

낙엽끼리 모여 산다

조 병 화

낙엽에 누워 산다
낙엽끼리 모여 산다
지나간 날을 생각지 않기로 한다
낙엽이 지는 하늘가
가는 목소리 들리는 곳으로 나의 귀는 기웃거리고
얇은 피부는 햇볕이 쏟아지는 곳에 초조하다
항상 보이지 않는 곳이 있기에 나는 살고 싶다
살아서 가까이 가는 곳에 낙엽이 진다
아, 나의 육체는 낙엽 속에 이미 버려지고
육체 가까이 또 하나 나는 슬픔을 마시고 산다
비 내리는 밤이면 낙엽을 밟고 간다
비 내리는 밤이면 슬픔을 디디고 돌아온다
밤은 나의 소리에 차고
나는 나의 소리를 비비고 날을 샌다

낙엽끼리 모여 산다
낙엽에 누워 산다
보이지 않는 곳이 있기에 슬픔을 마시고 산다

산정묘지山頂墓地 · 1

조 정 권

겨울산을 오르면서 나는 본다.
가장 높은 것들은 추운 곳에서
얼음처럼 빛나고,
얼어붙은 폭포의 단호한 침묵.
가장 높은 정신은
추운 곳에서 살아 움직이며
허옇게 얼어터진 계곡과 계곡 사이
바위와 바위의 결빙을 노래한다.
간밤의 눈이 다 녹아버린 이른 아침,
산정山頂은
얼음을 그대로 뒤집어 쓴 채
빛을 받들고 있다.
만일 내 영혼이 천상天上의 누각을 꿈꾸어 왔다면
나는 신이 거주하는 저 천상天上의 일각一角을 그리

위하리.

　가장 높은 정신은 가장 추운 곳을 향하는 법
　저 아래 흐르는 것은 이제부터 결빙하는 것이 아니라
　차라리 침묵하는 것.
　움직이는 것들도 이제부터는 멈추는 것이 아니라
　침묵의 노래가 되어 침묵의 동렬에 서는 것.
　그러나 한 번 잠든 정신은
　누군가 지팡이로 후려치지 않는 한
　깊은 휴식에서 헤어나지 못하리.
　하나의 형상 역시
　누군가 막대기로 후려치지 않는 한
　다른 형상을 취하지 못하리.
　육신이란 누더기에 지나지 않는 것.
　헛된 휴식과 잠 속에서의 방황의 나날들.
　나의 영혼이
　이 침묵 속에서
　손뼉 소리를 크게 내지 못한다면

어느 형상도 다시 꿈꾸지 않으리.
지금은 결빙하는 계절, 밤이 되면
물과 물이 서로 끌어당기며
결빙의 노래를 내 발밑에서 들려주리.

여름 내내
제 스스로의 힘에 도취하여
계곡을 울리며 폭포를 타고 내려오는
물줄기들은 얼어붙어 있다.
계곡과 계곡 사이 잔뜩 엎드려 있는
얼음 덩어리들은
제 스스로의 힘에 도취해 있다.
결빙의 바람이여,
내 핏줄 속으로
회오리치라.
나의 발끝에서 머리끝까지
나의 전신을

관통하라.

점령하라.

도취하게 하라.

산정의 새들은

마른 나무 꼭대기 위에서

날개를 접은 채 도취의 시간을 꿈꾸고

열매들은 마른 씨앗 몇 개로 남아

껍데기 속에서 도취하고 있다.

여름 내내 빗방울과 입 맞추던

뿌리는 얼어붙은 바위 옆에서

흙을 물어뜯으며 제 이빨에 도취하고

바위는 우둔스런 제 무게에 도취하여

스스로 기쁨에 떨고 있다.

보라, 바위는 스스로의 무거운 등짐에

스스로 도취하고 있다.

허나 하늘은 허공에 바쳐진 무수한 가슴.

무수한 가슴들이 소거消去된 허공으로,
무수한 손목들이 촛불을 받치면서
빛의 축복이 쌓인 나목의 계단을 오르지 않았는가.
정결한 씨앗을 품은 불꽃을
천상의 계단마다 하나씩 바치며
나의 눈은 도취의 시간을 꿈꾸지 않았는가.
나의 시간은 오히려 눈부신 성숙의 무게로 인해
침잠하며 하강하지 않았는가.
밤이여 이제 출동명령을 내리라.
좀더 가까이 좀더 가까이
나의 핏줄을 나의 뼈를
점령하라, 압도하라,
관통하라.

한때는 눈비의 형상으로 내게 오던 나날의 어둠.
한때는 바람의 형상으로 내게 오던 나날의 어둠.
그리고 다시 한때는 물과 불의 형상으로 오던 나날

의 어둠.

　그 어둠 속에서 헛된 휴식과 오랜 기다림
　지치고 지친 자의 불면의 밤을
　내 나날의 인력으로 맞이하지 않았던가.
　어둠은 존재의 처소處所에 뿌려진 생목生木의 향기,
　나의 영혼은 그 향기 속에
　얼마나 적셔두길 갈망해왔던가.
　내 영혼이 내 자신의 축복을 주는
　휘황한 백야白夜를 내 얼마나 꿈꾸어 왔는가.
　육신이란 바람에 굴러가는 헌 누더기에 지나지 않는다.
　영혼이 그 위를 지그시 내려누르지 않는다면.

낙 화

조 지 훈

꽃이 지기로서니
바람을 탓하랴.

주렴 밖에 성긴 별이
하나 둘 스러지고,

귀촉도 울음 뒤에
머언 산이 다가서다.

촛불을 꺼야 하리
꽃이 지는데

꽃이 지는 그림자
뜰에 어리어

하이얀 미닫이가
우런 붉어라.

묻혀서 사는 이의
고운 마음을
아는 이 있을까
저허하노니

꽃 지는 아침은
울고 싶어라.

귀 천

천 상 병

나 하늘로 돌아가리라
새벽빛 와 닿으면 스러지는
이슬 더불어 손에 손을 잡고,

나 하늘로 돌아가리라
노을빛 함께 단 둘이서
기슭에서 놀다가 구름 손짓하며는,

나 하늘로 돌아가리라
아름다운 이 세상 소풍 끝내는 날,

가서, 아름다웠더라고 말하리라……

님의 침묵

한 용 운

님은 갔습니다. 아아 사랑하는 나의 님은 갔습니다.

푸른 산빛을 깨치고 단풍나무 숲을 향하여 난 작은 길을 걸어서, 차마 떨치고 갔습니다.

황금의 꽃같이 굳고 빛나던 옛 맹세는 차디찬 티끌이 되어서, 한숨의 미풍에 날아갔습니다.

날카로운 첫키스의 추억은 나의 운명의 지침을 돌려 놓고, 뒷걸음쳐서 사라졌습니다.

나는 향기로운 님의 말소리에 귀먹고, 꽃다운 님의 얼굴에 눈멀었습니다.

사랑도 사람의 일이라, 만날 때에 미리 떠날 것을 염려하고 경계하지 아니한 것은 아니지만, 이별은 뜻밖의 일이 되고 놀란 가슴은 새로운 슬픔에 터집니다.

그러나 이별을 쓸데없는 눈물의 원천을 만들고 마는 것은 스스로 사랑을 깨치는 것인 줄 아는 까닭에, 걷잡을 수 없는 슬픔의 힘을 옮겨서 새 희망의 정수박이에 들어부었습니다.

우리는 만날 때에 떠날 것을 염려하는 것과 같이, 떠날 때에 다시 만날 것을 믿습니다.

아아 님은 갔지마는 나는 님을 보내지 아니하였습니다.

제 곡조를 못 이기는 사랑의 노래는 님의 침묵을 휩싸고 돕니다.

감

허 영 자

이 맑은 가을 햇살 속에선
누구도 어쩔 수 없다
그냥 나이 먹고 철이 들 수밖에는

젊은 날
떫고 비리던 내 피도
저 붉은 단감으로 익을 수밖에는……

장식론 · 1

홍 윤 숙

여자가
장식을 하나씩
달아가는 것은
젊음을 하나씩
잃어가는 때문이다

씻은 무우 같다든가
뛰는 생선 같다든가
(진부한 말이지만)
그렇게 젊은 날은
젊음 하나만도
빛나는 장식이 아니겠는가

때로 거리를 걷다 보면

쇼윈도우에 비치는
내 초라한 모습에
사뭇 놀란다

어디에
그 빛나는 장식들을
잃고 왔을까
이 피에로 같은 생활의 의상들은
무엇일까

안개 같은 피곤으로
문을 연다
피하듯 숨어 보는
거리의 꽃집

젊음은 거기에도
만발하여 있고
꽃은 그대로가
눈부신 장식이었다

꽃을 더듬는
내 흰 손이
물기 없이 마른
한 장의 낙엽처럼 쓸쓸해져

돌아와
몰래
진보라 고운
자수정 반지 하나 끼워
달래어 본다

즐거운 편지

1

　내 그대를 생각함은 항상 그대가 앉아 있는 배경에
서 해가 지고 바람이 부는 일처럼 사소한 일일 것이나
언젠가 그대가 한없이 괴로움 속을 헤매일 때에 오랫
동안 전해오던 그 사소함으로 그대를 불러보리라.

2

    진실로 진실로 내가 그대를 사랑하는 까닭은 내 나의 사랑을 한없이 잇닿은 그 기다림으로 바꾸어버린 데 있었다. 밤이 들면서 골짜기엔 눈이 퍼붓기 시작했다. 내 사랑도 어디쯤에선 반드시 그칠 것을 믿는다. 다만 그때 내 기다림의 자세를 생각하는 것뿐이다. 그동안에 눈이 그치고 꽃이 피어나고 낙엽이 떨어지고 또 눈이 퍼붓고 할 것을 믿는다.

수록 시인 소개

강은교 (1945~)
   1968년 《사상계》로 등단.
   『빈자일기』, 『풀잎』, 『등불 하나가 걸어오네』 등.

고 은 (1933~)
   1958년 《현대시》에 「폐결핵」을 발표하면서 등단.
   『피안감성』, 『문의 마을에 가서』, 『만인보』 등.

곽재구 (1954~)
   1981년 중앙일보 신춘문예에 「사평역에서」 당선.
   『사평역에서』, 『전장포 아리랑』, 『서울 세노야』 등.

구 상 (1919~2004)
   1946년 원산문학가동맹의 동인지 《응향》에 시를 발표.
   『구상시집』, 『초토의 시』, 『모과 옹두리에도 사연이』 등.

기형도 (1960~1989)
   1985년 동아일보 신춘문예에 「안개」 당선.
   유고 시집으로 『입속의 검은 잎』과 전집이 있음.

김광림 (1929~)

    1955년 전시 문학선에 「장마」, 「내력」, 「진달래」를 발표.

    시집으로 『상심하는 접목』, 『학의 추락』, 『천상의 꽃』 등.

김남조 (1927~)

    1950년 연합신문에 시를 발표하며 등단.

    『목숨』, 『나아드의 향유』, 『겨울 바다』, 『희망학습』 등.

김소월 (1902~1934)

    1920년 《창조》에 「낭인의 봄」 등을 발표하면서 등단.

    『진달래꽃』, 『소월시초』 등.

김수영 (1921~1968)

    1945년 《예술부락》에 「묘정의 노래」 발표하며 등단.

    『달나라의 장난』, 『거대한 뿌리』 등.

김영랑 (1903~1950)

    1930년 《시문학》 동인으로 참가.

    「모란이 피기까지는」 등의 주요 작품과 『영랑시집』 등.

김종길 (1926~)

    1947년 경향신문에 「문」으로 등단.

    『성탄제』, 『하회에서』, 『해가 많이 짧아졌다』 등.

김종삼 (1921~1984)

    1953년 《신세계》에 「원정」 등을 발표하며 등단.

    『십이음계』, 『시인학교』, 『북치는 소년』 등.

김종해 (1941~)

    1963년 《자유문학》, 경향신문 신춘문예로 등단.

    『풀』, 『별똥별』, 『무인도를 위하여』 등.

김지하 (1941~)

    1969년 《시인》에 「황톳길」 등으로 등단.

    『황토』, 『타는 목마름으로』, 『애린』 등.

김춘수 (1922~2004)

    1948년 첫시집 『구름과 장미』를 내며 등단.

    『꽃의 소묘』, 『거울 속의 천사』, 『김춘수시선』 등.

김현승 (1913~1975)

    1934년 동아일보로 등단.

    『김현승시초』, 『견고한 고독』, 『절대고독』 등.

노천명 (1912~1957)

    1932년 동아일보에 「밤의 찬미」로 등단.

    『산호림』, 『별을 쳐다보며』, 『창변』 등.

박남수 (1918~1994)

    1939년 《문장》에 「심야」 등 추천으로 등단.

    『초롱불』, 『갈매기소묘』, 『사슴의 관』 등.

박노해 (1958~)

    1983년 《시와 경제》에 「시다의 꿈」 등 발표하며 등단.

    『노동의 새벽』, 『참된 시작』 등.

박두진 (1916~1998)

　　1939년《문장》에「향연」등 추천으로 등단.

　　『거미와 성좌』,『수석열전』,『해』등.

박목월 (1916~1978)

　　1939년《문장》에「길처럼」등 추천으로 등단.

　　『청록집』(3인시집),『산도화』,『경상도의 가랑잎』등.

박용래 (1925~1980)

　　1955년《현대문학》에 작품을 발표하면서 등단.

　　『싸락눈』,『강아지풀』,『백발의 꽃대궁』등.

박인환 (1926~1956)

　　1946년 국제신보에「거리」를 발표하며 등단.

　　『박인환선시집』등.

박재삼 (1933~1997)

　　1953년《문예》에「강물」로 등단.

　　『춘향이 마음』,『천년의 바람』,『뜨거운 달』등.

백　석 (1912~1995)

　　1935년 조선일보에 시「정주성」을 발표하며 등단.

　　『사슴』등.

서정주 (1915~2000)

　　1936년 동아일보 신춘문예에「벽」으로 등단.

　　『화사집』,『귀촉도』,『동천』,『질마재신화』등.

서정춘 (1941~)

　　1968년 신아일보 신춘문예에 시「잠자리 날다」로 등단.
　　『죽편』, 『봄』, 『파르티잔』, 『귀』 등.

성찬경 (1930~)

　　1956년 조지훈의 추천으로 《문학예술》로 등단.
　　『나사』, 『논 위를 달리는 두 대의 그림자 버스』 등.

신경림 (1936~)

　　1956년 《문학예술》에「갈대」등을 발표하며 등단.
　　『새재』, 『달넘세』, 『남한강』, 『길』 등.

신동엽 (1930~ 1969)

　　1959년 조선일보 신춘문예로 등단.
　　『삼월』, 『밤』, 『껍데기는 가라』 등.

오규원 (1941~2007)

　　1965년 《현대문학》에「겨울 나그네」가 추천되어 등단.
　　『사랑의 감옥』, 『이 땅에 씌어지는 서정시』, 『두두』 등.

유치환 (1908~1967)

　　1931년 《문예월간》에 시「정적」을 발표하며 등단.
　　『청마시초』, 『생명의 서』, 『울릉도』 등.

윤동주 (1917~1945)

　　유고시집으로 『하늘과 바람과 별과 시』.

이 상 (1910~1937)

　　1931년 시 「이상한 가역반응」을 《조선과 건축》지에 발표.
　　『오감도』, 『날개』, 『봉별기』 등.

이근배 (1940~)

　　1964년 한국일보 신춘문예에 시 「북위선」 당선 등.
　　『사람들이 새가 되고 싶은 까닭을 안다』, 『노래여 노래여』 등.

이상화 (1901~1943)

　　1921년 《백조》 동인에 가담, 「말세의 희탄」, 「단조」 등 발표.
　　작품으로 「나의 침실로」, 「빼앗긴 들에도 봄은 오는가」 등.

이성복 (1952~)

　　1977년 《문학과지성》지에 「정든 유곽에서」로 등단.
　　『그 여름의 끝』, 『뒹구는 돌은 언제 잠 깨는가』 등

이수익 (1942~)

　　1963년 서울신문 신춘문예에 「고별」, 「편지」 당선으로 등단.
　　『아득한 봄』, 『슬픔의 핵』, 『시간의 샘물』 등.

이용악 (1914~1971)

　　1935년 《신인문학》에 「패배자의 소원」을 발표하며 등단.
　　『분수령』, 『낡은 집』, 『오랑캐꽃』 등.

이육사 (1904~1944)

　　1933년 시 「황혼」을 《신조선》에 발표하면서 등단.
　　유고 시집으로 『육사시집』.

이형기 (1933~2005)

    1950년 《문예》에 「비오는 날」로 등단.

    『적막강산』, 『돌베개의 시』, 『꿈꾸는 한발』, 『절벽』 등.

정지용 (1903~?)

    1926년 《학조》에 「카페 프란스」 등을 발표.

    『정지용시집』, 『백록담』 등.

정진규 (1939~)

    1960년 동아일보 신춘문예에 「나팔서정」으로 등단.

    『껍질』, 『몸시』, 『별들의 바탕은 어둠이 마땅하다』 등.

정현종 (1939~)

    1964년 《현대문학》에 「화음」 등이 추천되어 등단.

    『떨어져도 튀는 공처럼』, 『사랑할 시간이 많지 않다』 등.

조병화 (1921~2003)

    1949년 첫시집 『버리고 싶은 유산』을 내며 등단.

    『먼지와 바람 사이』, 『밤의 이야기』 등.

조정권 (1949~)

    1970년 「흑판」 등으로 《현대시학》을 통해 등단.

    『떠도는 몸들』, 『산정묘지』, 『바람과 파도』 등.

조지훈 (1920~1968)

    1939년 「고풍의상」 등 《문장》지의 추천으로 등단.

    『청록집』, 『풀잎단장』, 『조지훈시선』 등.

천상병 (1930~1993)

　　1952년 《문예》에 「강물」, 「갈매기」 등 추천으로 등단.

　　『새』, 『주막에서』, 『귀천』 등.

한용운 (1879~1944)

　　1916년 월간지 《유심》을 발간.

　　시집으로 『님의 침묵』 등.

허영자 (1938~)

　　1962년 《현대문학》으로 등단.

　　『가슴엔듯 눈엔듯』, 『어여쁨이야 어찌 꽃뿐이랴』 등.

홍윤숙 (1925~)

　　1947년 《문예신보》에 「가을」로 등단.

　　『장식론』, 『타관의 햇살』, 『경의선 보통열차』 등

황동규 (1938~)

　　1958년 《현대문학》에 「시월」로 등단.

　　『어떤 개인 날』, 『삼남에 내리는 눈』, 『몰운대행』 등.

□ 시인들이 좋아하는 애송시 ; 작품별 집계 순위

(자료제공—계간 시지《시인세계》9호)

순위	작품	시인	추천시인
1	꽃	김춘수	23
2	서시	윤동주	18
3	남신의주 유동 박시봉방	백 석	15
4	자화상	서정주	14
	낙화	이형기	14
6	님의 침묵	한용운	12
	동천	서정주	12
8	진달래꽃	김소월	11
	풀	김수영	11
10	향수	정지용	10
11	울음이 타는 가을 강	박재삼	9
12	나와 나타샤와 흰 당나귀	백 석	8
	북치는 소년	김종삼	8
14	나그네	박목월	7
	빈 집	기형도	7
	사평역에서	곽재구	7

순위	작품	시인	추천시인
17	초혼	김소월	6
	모란이 피기까지는	김영랑	6
	국화 옆에서	서정주	6
	즐거운 편지	황동규	6
	산유화	김소월	6
22	별 헤는 밤	윤동주	5
	여승	백 석	5
	유리창	정지용	5
	광야	이육사	5
	무등을 보며	서정주	5
	저녁 눈	박용래	5
	갈대	신경림	5
	산정묘지 1	조정권	5
30	거울	이 상	4
	흰 바람벽이 있어	백 석	4
	백록담	정지용	4
	자화상	윤동주	4
	절정	이육사	4

순위	작품	시인	추천시인
	그리움	유치환	4
	윤사월	박목월	4
	사랑의 변주곡	김수영	4
	눈	김수영	4
	푸르른 날	서정주	4
	귀촉도	서정주	4
	화사	서정주	4
	귀천	천상병	4
	눈물	김현승	4
	농무	신경림	4
	풀	김종해	4
	우리가 물이 되어	강은교	4
	죽편 1	서정춘	4
	남해 금산	이성복	4

□ 시인들이 좋아하는 애송시 ; 시인별 집계 순위

순위	시인	추천시인	순위	시인	추천시인
1	서정주	72		기형도	15
2	백 석	40		이형기	15
3	김수영	36	14	유치환	14
4	김소월	34	15	김현승	11
5	윤동주	32		박재삼	11
6	김춘수	30	17	이 상	10
7	정지용	27		이육사	10
8	박목월	23		황동규	10
9	김종삼	16		김종해	10
	신경림	16		강은교	10
11	한용운	15		이성복	10

□ 3회 이상 추천된 시인별 작품 목록(괄호 안은 추천시인 합계)

강은교 :「우리가 물이 되어」 4,「저물녘의 노래」 1,「빨래 너는
　　　　여자」 1,「풀잎」 2,「사랑법」 1,「자전」 1 (10)
고　은 :「문의 마을에 가서」 3 (3)
곽재구 :「사평역에서」 7 (7)
구　상 :「강60」 1,「노경」 2,「오늘」 1 (4)
기형도 :「빈 집」 7,「입속의 검은 잎」 1,「안개」 2,「진눈깨비」
　　　　1,「10월」 1,「정거장에서의 충고」 1,「바람의 집 - 겨울
　　　　판화」 1,「엄마 걱정」 1 (15)
김기림 :「길」 3 (3)
김남조 :「겨울바다」 2,「그대 있음에」 1,「기도」 1 (4)
김소월 :「진달래꽃」 11,「초혼」 6,「먼후일」 1,「옛이야기」 1,
　　　　「산유화」 6,「왕십리」 2,「엄마야 누나야」 3,「못잊어」
　　　　1,「금잔디」 1,「길」 1,「가는 길」 1 (34)
김수영 :「풀」 11,「눈」 4,「폭포」 3,「사랑」 2,「자유」 1,「꽃잎2」
　　　　1,「사랑의 변주곡」 4,「공자의 생활난」 1,「어느날 고
　　　　궁을 나오면서」 1,「거미」 2,「가족」 1,「거대한 뿌리」
　　　　1,「파밭가에서」 1,「웃음」 1「먼 곳에서부터」 1,「말」
　　　　1 (36)
김영랑 :「모란이 피기까지는」 6 (6)
김종길 :「성탄제」 2,「국화 앞에서」 1 (3)
김종삼 :「북치는 소년」 8,「민간인」 1,「장편2」 1,「묵화」 3,「스

173

174

서정주 : 「자화상」 14, 「동천」 12, 「귀촉도」 4, 「국화 옆에서」 6, 「푸르른 날」 4, 「신록」 3, 「역사여, 한국 역사여」 1, 「봄」 1, 「서시」 1, 「상리과원」 1, 「아지랑이」 1, 「풀리는 한강가에서」 3, 「선운사 동구」 1, 「무등을 보며」 5, 「영산홍」 1, 「마른 여울목」 1, 「바다」 1, 「화사」 4, 「석남꽃」 1, 「연꽃 만나고 가는 바람같이」 1, 「부활」 3, 「침향」 1, 「신부」 2 (72)

서정춘 : 「죽편1」 4, 「돌의 시간」 1 (5)

송찬호 : 「흙은 사각형의 기억을 갖고 있다」 1, 「달빛은 무엇이든 구부려 만든다」 1, 「구두」 1, 「달은 추억의 반죽덩어리」 1 (4)

신경림 : 「농무」 4 「갈대」 5, 「가객」 1, 「신의주 - 단둥에서」 1, 「누항요」 1, 「가난한 사랑노래」 1, 「목계장터」 2, 「떠도는 자의 노래」 1 (16)

신동엽 : 「껍데기는 가라」 1, 「금강」 2, 「담배 연기처럼」 1 (4)

오규원 : 「한 잎의 여자」 2, 「시인들」 1, 「비가 와도 젖은 자는」 2, 「물푸레 여자」 1 (6)

오세영 : 「원시」 1, 「강물」 1, 「그릇1」 1 (3)

유치환 : 「그리움」 4, 「행복」 3, 「바위」 1, 「깃발」 3, 「울릉도」 1, 「수首」 1, 「모년모월모시」 1 (14)

윤동주 : 「서시」 18, 「별 헤는 밤」 5, 「십자가」 3, 「쉽게 씌어진 시」 1, 「자화상」 4, 「누나의 얼굴」 1 (32)

이근배 : 「잔」 1, 「냉이꽃」 2, 「노래여 노래여」 1, 「겨울 자연」 1, 「송광사에 와서」 1 (6)

상처받고 신음하는 용들의 노래

— 한국 현대시 100년에 부쳐

장 석 주 (시인·문학평론가)

한국 현대시 100년이라고 한다. 최남선의 「해에게서 소년에게」라는 신체시가 잡지 《소년》에 발표된 1908년을 그 기점으로 한 것이다. "처얼썩 처얼썩 척 쏴아아"라는 의성어를 내세워 뭍의 단단함에 부딪치며 깨어지는 파도의 역동성으로 구시대의 질서와 유습을 타파하려는 새 시대의 기운을 적절하게 표현해낸다. 새 시대의 기운은 안에서 밖으로가 아니라 밖에서 안으로 밀려든다. 안은 텅 비어 있는 까닭이다. 시인의 예지력에 비춰 본 구한말 우리의 삶은 민족의 총체적 에너지의 고갈 앞에서 더도덜도 아닌 헐벗은 '소년'이다. 그 앞에 놓인 운명은 "끝없는 장애와 의구심을 앞에 한 깜깜한 어둠 속의 외로운 행로"(이청준)였다. 최남선은 개항 이후 열강들의

178

외세에 속수무책으로 굴복한 동아시아의 한 소국에게서 바로 어른들 틈바귀에 낀 '소년'의 운명을 설핏 보았다. '소년'의 앞날은 양자역학의 진공 상태 속에 놓인, 빅뱅을 눈앞에 둔 검은 물질 바로 그것이다. '소년'은 무슨 일이 일어날지 한치 앞도 내다볼 수 없는 불안 속에 서 있다. 그 '소년'에게 장벽을 향해 온몸을 부딪쳐 나가는 바다의 기세를 실어주고 싶었던 것이다. '소년'은 꺼져 가는 숨결이요, 어둠을 뚫고 동터오는 새벽이요, 높고 가파른 언덕을 넘어야 할 어린 나귀요, 상처받고 신음하는 용(龍)이었다.

최남선 이래 20세기 한국시의 하늘에는 수많은 별들이 명멸했다. 하늘에 떠 있는 별들은 빛의 세기가 저마다 다르다. 마찬가지로 우리 모국어의 하늘에 떠서 빛나는 별들도 저마다 빛의 세기가 다르다. 한국 현대시가 펼쳐놓은 상상력의 스펙트럼은 아주 넓다. 그 스펙트럼 속에서 나-너-한-님-슬픔-어둠-자연-이향-도시-육체-연애-자아-역사-혁명-가족-생활-청춘…… 따위의 주제어들은 두드러진다. 한국 현대시를 투박하게 다섯 개의 길로 나눠본다.

첫째, 정념의 길 : 김소월-백석-김영랑-이용악-윤동주-

박목월-노천명-조병화-김남조-김현승-박성룡-유안진-강은교-정호승-김사인-허수경-최정례-김용택-안도현-나희덕.

둘째, 자유의 길 : 이육사-유치환-임화-김광섭-박두진-김수영-박인환-신동엽-고은-신경림-조태일-정희성-이시영-김지하-고정희-백무산.

셋째, 인식의 길 : 이상-김춘수-김종삼-전봉건-정현종-이승훈-오규원-노향림-이하석-최승호-이성복-황지우-최승자-김혜순-김정란-송재학-이수명-김행숙-이장욱-황병승-이근화-김경주.

넷째, 탐미의 길 : 서정주-정지용-박재삼-박용래-천상병-이형기-허영자-이근배-이수익-서정춘-김형영-문정희-박정만-임영조-조정권-나태주-송수권-장옥관-서지월-오태환-전동균-장석남-박형준-문태준.

다섯째, 존재의 길 : 한용운-조지훈-황동규-마종기-정진규-김종해-최하림-오탁번-천양희-김광규-김명인-김승희-신현정-황인숙-고형렬-이문재-김중식-송찬호-채호기-고재종-김기택-이승하-기형도-정끝별-권혁웅-유홍준.

이 다섯 개의 길들이 언제나 다른 길과 변별성을 갖고 존재하는 것은 아니다. 길들은 서로 겹치고, 심지어는 세개, 혹은 네 개의 길이 하나로 몸을 포갠다. 정념의 길은 탐미의 길과 겹쳐지고, 인식의 길은 존재의 길과 자주 겹쳐진다. 드물게 자유의 길과 정념의 길이 겹쳐질 때도 있고, 존재의 길이 탐미의 길과 겹쳐진다고 해서 이상할 것도 없다. 자유의 길로 분류된 시인의 상상세계 속에 탐미 본능이 작동한다고 해서 이상할 것도 없다. 시인들의 상상력은 늘 불확정적인 방향을 갖고 움직이기에 어느 하나에 편재하지 않는다. 그럼에도 한 시인의 시세계를 통시적으로 볼 때 그 피의 기질과 본능으로 인해 편재성은 불가피하게 드러난다. 시인들은 다섯 개의 갈래 길에 서 있다.

한국 현대시를 통시적으로 가로지를 때 가장 큰 정서적 자원은 한, 어둠, 슬픔이다. 삶의 보람이자 기쁨인 님들은 항상 '나'를 떠나 멀리 달아난다. "나 보기가 역겨워 / 가실 때에는 / 죽어도 아니 눈물 흘리우리다"(김소월, 「진달래꽃」). '나'의 간절한 바람과 의지를 배반하고 이루어진 님의 떠남과 부재는 '나'의 있음을 덧없는 것으로 규정하는 실존의 요소다. '나'는 님을 떠나보낼 준비도 하지 못했는데, 님은 떠난다. '나'의 슬픔과 고통 따위는 떠나려는 님의 의지에 제동을 걸지 못한다. 떠나는 님은 '나'에 대한 사랑과 배려가 없는 이기적 욕망의 존재다. 님이 떠나면 '나'는 깜깜한 어둠 속에 혼자 남을 것이고, 님 앞에서 애써 참았던 눈물을 흘릴 것이다. 김소월 이래로 한국시에는 님의 떠남을 피동적으로 감당하는 시적 화자들의 눈물로 넘쳐난다. 그 눈물은 이루지 못한 욕망으로 움푹 패인 곳을 굽이굽이 흘러가는 강이다. "님은 갔습니다. 아아 사랑하는 나의 님은 갔습니다."(한용운, 「님의 침묵」) 한용운의 님은 '나'를 버리고 냉정하게 떠날 뿐만 아니라 침묵하는 존재다. 이것은 버림이다. 버림은 주체와 객체의 관계가 힘의 균형을 잃은 상태, 한쪽의 힘이 다른 쪽의 힘을 압도적으로 누르는 지배와 피지배의 관계에서 일어난다. 님은 늘 먼저 '나'를 버리고 떠난다. '나'는 그 떠남을 피동적으로 받는다. 떠난 뒤의 상황을 감당하고 뒷치닥거리를 해야 하는 것도 '나'의 몫이다. 상호 인식이 배제된 이 뒤틀린 관계 속에서 폭력과 희생의 윤리학이 만들어진다. "당신이 나를 두고 멀리 가신 뒤로는 나는 기쁨이라고는 달도 없는 가을 하늘에 외기러기의 발자최만치도 없습니다."(한용운, 「쾌락」) 욕망의 대체물인 님이 떠난 뒤에 무슨 보람과 기쁨이 남겠는가.

슬픔은 외기러기의 발자취만큼도 없다. 님은 '나'라는 내부를 감싸는 외부다. 님은 외부이기 때문에 비(非)자기다. 외부가 있을 때 비로소 내부가 성립된다. 마찬가지로 님은 '나'라는 주체를 완성시키는 객체, 기초적 환경이다. 님이 없다면 '나'는 외부를 갖지 못한 내부에 머문다. 외부가 없다면 내부도 있을 수 없듯, 님[외부]이 없다면 '나'[내부]도 없다. 님이 없는 '나'는 없음, 공허 그 자체다. 존재성이 발현되지 않는 질료, 무의미로서의 덩어리에 지나지 않는다. 그래서 김소월과 한용운의, '나'를 떠난 님의 뒤에서 부르는 노래들은 상처받고 신음하는 용들의 노래다.

서정주의 「자화상」의 시적 화자는 최남선의 '소년'이 청년으로 성장한 뒤의 모습을 보여준다. "애비는 종이었다. 밤이 깊어도 오지 않았다." 첫 구절에 암시되어 있듯이 원초의 어둠은 아직도 우리의 운명을 두텁게 감싸고 짓누른다. 외할아버지는 먼 바다로 나가 실종되어 부재 상태고, 할머니는 파뿌리처럼 늙었다. 애비는 남의 집에 매인 종이고, 어매는 풋살구 하나가 먹고 싶지만 제 힘으로는 그 작은 소망조차 실현할 수 없는 가난하고 헐벗은 존재다. '나'는 가족들의 보살핌이나 돌봄을 받을 형편이 아니다. '나'는 함부로 방치되어 제멋대로 자라난 "손톱이 까만 에미의 아들"이다. 따뜻한 양육과 인생의 바른 지침들을 받을 수 없는 '나'를 키운 것은 "팔할이 바람"이다. 계통도 없고 질서도 없는 바람에게서 훈육된 영혼이란 천민의 영혼이다. 바람은 외압과 세속의 전언을 실어 나른다. 바람은 지조도 없고 자존도 없이 물리적인 역학 관계 속에서 움직인다. 팔 할의 바람으로 예측할 수 없는 저주받은 영혼이 되었다는, 제 신분과 처지에 대한 이런 환멸스런 확인은 필경 자기모멸과 자기부정을 낳는다. "볕이거나 그늘이거나 혓바닥 늘어뜨린 / 병든 수캐마냥 헐떡이며 나는 왔다."라는 구절이 그것이다. 시인이 본 우리 안의 그림자, 억압된 자아는 죄인, 천치, 수캐다. 이것들은 자기실현의 존재와는 거리가 먼 일그러진 자아상이다.

투명한 양심을 가진 사람은 자기 자신의 형편과 운명을 바로 본다. 윤동주는 드물게 고요하고 깨끗한 청년의 영혼을 가진 시인이었다. 그가 찾아낸 것은 부끄러움이다. 파란 녹이 슬은 구리거울 속에서 그가 본 것은 욕된 얼굴이었다(「참회록」). 그는 제 욕된 얼굴에서 부끄러움을 찾아냈다. "죽는 날까지 하늘을 우러러 / 한 점 부끄럼이 없기를, / 잎새에 이는 바람에도 / 나는 괴로워했다."(「서시」) 수난을 담담하게 받아들인 자에게 내면의 괴로움은 곧 존재의 원형질이다. 서정주와는 달리 윤동주에게 바람은 자기반성의 유력한 근거다. 시인은 살랑이며 불어가는 바람에 흔들리는 잎새에서 윤리적 실재를 투시해낸다. 윤동주에게 괴로움은 깨끗한 양심이 이끄는 삶, 인격의 고결성을 지향하는 모색의 과정에서 불가피하게 드러나는 까닭이다. 윤동주 시의 주조음인 부끄러움은 내면적 인간의 소극적인 자기부정이다. 이 경우 자기부정은 대긍정에 이르기 위해 거치는 필연의 과정이다. 서정주나 윤동주가 시대의 어둠을 인지한 것은 닮았지만, 그 어둠에 반응하는 생의 형식에서는 차이를 보인다. 윤동자가 "어둠 속에 곱게 풍화작용하는 / 백골을 들여다보며 / 눈물 짓는 것이 내가 우는 것이냐 / 백골이 우는 것이냐 / 아름다운 혼(魂)이 우는 것이냐"(「또 다른 고향」)에서 볼 수 있듯이 내면으로 눈길을 돌려 "곱게 풍화하는 백골"을 바라봤다면, 서정주는 "울음에 젖은 얼굴을 온전한 어둠 속에 숨기어 가지고 (중략) / 알라스카로 가라, 아니 아라비아로 가라, 아니 아메리카로 가라, 아니 아프리카로 가라, 아니 침몰하라, 침몰하라 !'(「바다」)고 극렬하게 외부를 지향하고, 외부를 향해 뻗치는 힘이 장애를 만나면 속수무책으로 자멸의 길을 선택한다. 현저한 자기성찰적 내면지향을 하는 윤동주와 내부 모순을 외부에서 해결하려는 외부 지향을 하는 서정주는 상상력의 원소는 같되 기질과 세계관의 차이를 드러내면서 저마다 한국 현대시의 별자리에서 광도가 다른 별들로 반짝인다.

최남선에게 나타났던 그 계통발생의 기억이 박두진의 「해」(1946)에서 다시 나타난다. 박두진은 "해야 솟아라. 해야 솟아라. 말갛게 씻은 얼굴 고운 해야 솟아라. 산 넘어 산 넘어서 어둠을 살라먹고, 산 넘어서 밤새도록 어둠을 살라먹고, 이글이글 애띈 얼굴 고운 해야 솟아라."라고 노래한다. 최남선의 시대에서 반세기가 지났음에도 현실은 깜깜한 어둠 속에 있고, 그 안에서 우리의 삶은 어둠의 수형자(受刑者) 처지에서 크게 벗어난 것이 아니었다. 우리가 헤쳐 나가야 할 어둠의 항로는 그렇게도 길고 지루했다. 어둠의 비극적 운명에 처한 삶이 힘들면 힘

들수록 밝은 세상에 대한 열망은 "해야 솟아라. 해야 솟
아라."라고 거듭되는 외침으로 드러날 수밖에 없었다.
해를 부르는 시인의 외침은 빼앗기고 짓눌린 자의 절망
과 고통에서 솟아나는 목소리다. 박두진의 거칠 것 없이
뻗어 나오는 남성적 율격의 소리는 이육사의 「광야」의
소리와 겹쳐진다. "다시 천고(千古)의 뒤에 / 백마 타고
오는 초인(超人)이 있어 / 이 광야에서 목놓아 부르게 하
리라"(「광야」). 이육사는 천고의 뒤에 올 초인을 기다린
다. 그러나 초인은 저 먼 데서 오는 것이 아니라 우리 안
에서 길러지는 존재다. 초인은 '나'를 뿌리치고 떠났던
그 님일까. 초인은 천고의 뒤에나 당도할, 아주 늦게 오
는 손님이다. 광야에서 기다리지 않는다면 초인은 오지
않는다. 소월과 만해의 님이 오래된 미래라면, 이육사의
초인은 먼 미래의 님이다. 님이 떠나간 길과 님이 돌아오
는 길은 한길이다.

김수영의 「풀」(1968)에 와서 주체의 내면에 짓누르는
한을 극복하고 타자성을 동렬에 놓고 생성하며 사유하는
주체를 발견한다. 풀은 여전히 작은 주체다. "모래야 나
는 얼마큼 적으냐 / 바람아 먼지야 풀아 나는 얼마큼 적

으냐"(「어느날 고궁을 나오면서」)라는 시구에서 모래·바람·먼지·풀은 쩨쩨하고 소소한 자아의 표상물로 호명된다. 그러나 풀은 큰 것의 위세에 눌려 제 주체를 잊고부림을 받는 존재가 아니다. 풀은 "비를 몰아오는 동풍"에 영향을 받지만, 그것에 눌리지 않는다. 오히려 풀은 "바람보다도 더 빨리 눕고 / 바람보다도 더 빨리 울고 / 바람보다 먼저 일어난다". 풀은 바람에 피동적으로 반응하는 것이 아니라 "바람보다도 더 빨리" 주체적으로 눕고, 울고, 일어난다. 풀이 획득한 능동성은 자신감의 산물이다. 셋째 연을 보라. 풀은 "늦게 누워도 / (중략) 먼저일어나고 / 늦게 울어도 / (중략) 먼저 웃는다". 바람과 풀은 지배와 피지배의 관계가 아니라 생명의 약동을 확인하고 유희하는 상대적 관계다. 풀은 바람이 오기 전에 먼저 눕고, 바람이 지나가기 전에 먼저 일어선다. 바람이왔다가 돌아가기 전에 울음을 웃음으로 바꾼다. 김수영에게 와서 한과 슬픔은 더 이상 소모적 감정이 아니다. 시인은 슬픔도 힘이 된다는 사실을 깨닫는다. 그런 맥락에서 "결의하는 비애 / 변혁하는 비애"(김수영, 「비」)를 읽어야 한다. 한국 현대시를 추동하는 DNA는 김수영에게와서 한과 슬픔에서 힘과 생성에의 의지로 바뀐다. 김수

영의 시가 보여주는 모더니티는 외래에서 이식된 것이
아니라 자생한 모더니티다. 한국 현대시의 큰 흐름을 바
꾼다는 점에서 김수영은 중요한 시인이다.

  산다는 것은 타자와 연루된다는 것이다. 그것은 '나'
의 타자화가 전제되지 않고는 불가능한 일이다. 타자와
연루되지 않은 하나의 인간, 타자의 시선이라는 매개를
통해 드러나지 않은 인간이란 아직 태어나지 않은 인간
이다. 태어나지 않은 인간이란 신체가 없는, 혹은 아직
인격적 개별성이 실현되지 않은 잠재적 실존이다. 타자
는 '있음'이라는 익명의 비인격적 개별성에 머물고 있는
'나'를 주체의 표상활동을 하는 '나'로 거듭 태어나게
한다. 김춘수는 이런 철학적 깨달음을 "내가 그의 이름
을 불러주기 전에는 / 그는 다만 / 하나의 몸짓에 지나지
않았다"(김춘수, 「꽃」)라고 썼다. 이렇듯 타자는 '나'의
'나-됨'을 보증하는 존재다. '나'의 '나-됨'은 자동적으
로 주어지는 것이 아니다. '나'의 존재는 '나'의 존재함
을 위협하는 외부[타자]와의 투쟁이라는 역사 속에서
'나'의 개별성을 보존하고 유지하며 살아가려는 의지를
통해서 확인되는 것이다. '나' 자신의 존재를 실현하는

욕구를 통해 타자가 곧 '내' 존재 실현의 물적 기반이라는 사실이 드러난다. 타자는 언제나 우연성을 동반하고 나타난다. 타자의 출현은 '나'를 감싸고 있는 실존의 베일을 걷고, '나'의 현존을 비로소 하나의 의미가 되게 한다. 타자는 시선을 통해 '나'를 바라보면서 '나'를 객체화하고 '나'를 향유한다. 모든 삶은 세계를 채운 것들에 대한 '나'의 향유이다.

전근대에서 근대로, 농촌에서 도시로, 독재에서 민주로, 성장에서 분배로, 억압에서 자유로 달려온 100년이다. 우리 시는 전환과 격동의 시대에 "타는 목마름으로"(김지하) 부른 노래다. 한국 현대시는 100년을 맞고 새로운 100년의 들머리에 서 있다. "대꽃이 피는 마을까지 / 백년이 걸린다"(서정춘, 「죽편 1」). 우리 앞의 100년이 백화제방의 시절이었다면 미래의 100년도 백화제방의 시절일 터다. 꽃은 한 가지에서 피어나도 제각각이다. "과거와 미래에 통하는 꽃"들은 "공허의 말단에서 마음껏 찬란하게 피어오른다"(김수영 「꽃 2」). 시는 혀끝에서 맴도는 언어들 속에 있다. 개화되지 않은 꽃봉오리들! 그것들은 이미 있는 시와 앞으로 와야 할 시들 사이에서 개화

를 기다린다. 무수한 시들이 언어와 사유 사이에서, 자연
과 존재 사이에서, 죽은 시인과 태어나는 시인 사이에서
떠돈다.